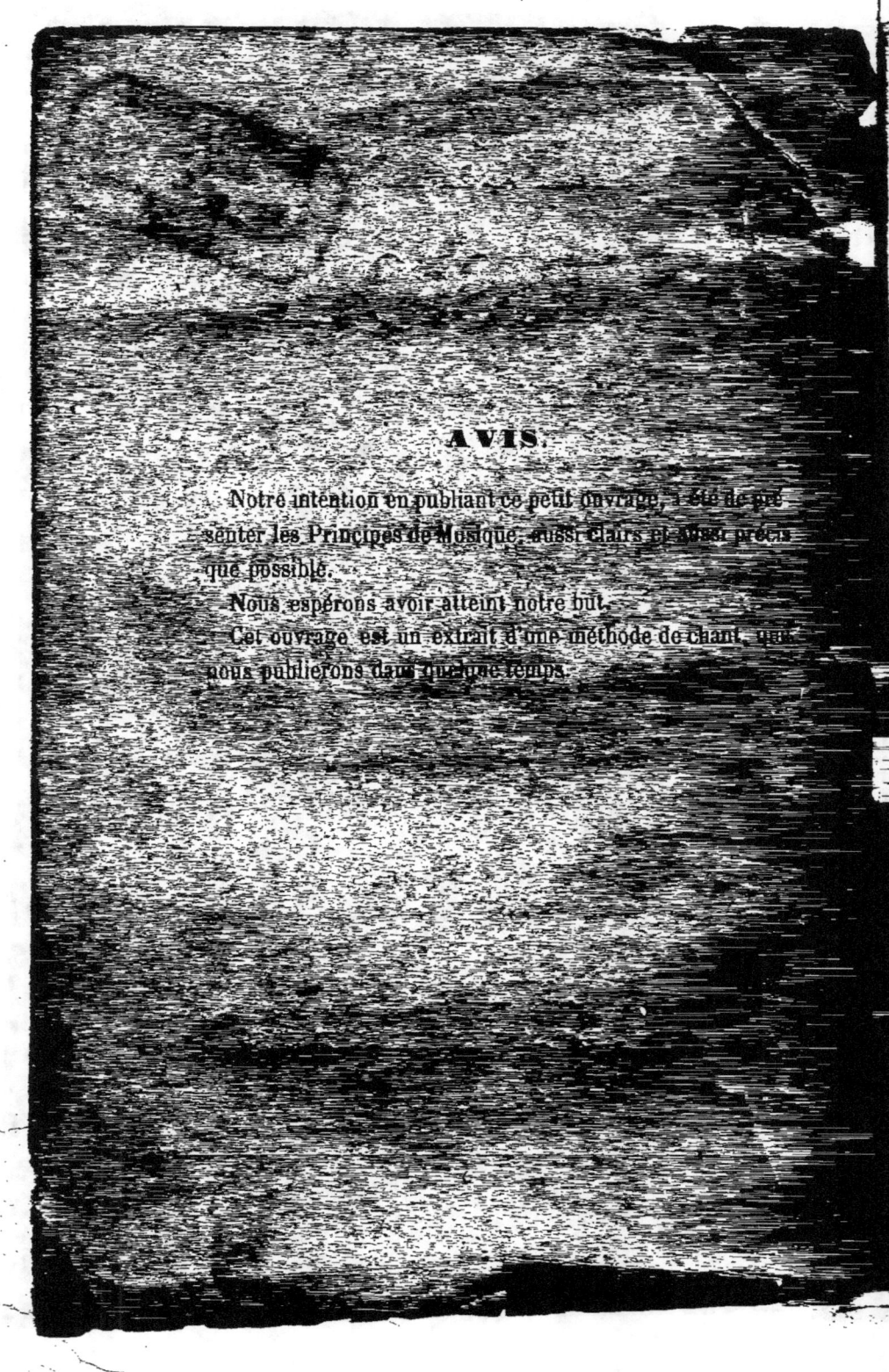

AVIS.

Notre intention en publiant ce petit ouvrage, a été de présenter les Principes de Musique, aussi clairs et aussi précis que possible.

Nous espérons avoir atteint notre but.

Cet ouvrage est un extrait d'une méthode de chant, que nous publierons dans quelque temps.

PRINCIPES
DE MUSIQUE.

CHAPITRE I.

1. La musique est l'art de combiner les sons.

2. On appelle son tout ce que l'oreille peut entendre, et dont elle peut comprendre *la hauteur* ou *la gravité*, comme le son d'une cloche, d'un piano, etc., etc.

3 Les sons se représentent sur le papier par des signes nommés *notes*, qui sont pour la musique ce que les lettres sont pour l'écriture.

4. *La forme primitive* que l'on donne aux notes sont le POINT et le ROND.

5. On place ces notes sur *cinq lignes horizontales,* que l'on nomme PORTÉE ; ces cinq lignes se comptent de bas en haut, c'est-à-dire que la *première* est la plus basse.

6. Lorsque les notes *dépassent* les cinq lignes de la portée au-dessus ou au-dessous, on ajoute de petites lignes nommées SUPPLÉMENTAIRES, et qui ne servent qu'à une note à la fois.

7. Il n'y a QUE 7 NOMS DE NOTES, parce qu'on a reconnu que la 8ᵉ note représentait le *même son* que la première.

Ce sont : { en montant : UT, RÉ, MI, FA, SOL, LA, SI.
{ en descendant : SI, LA, SOL, FA, MI, RÉ, UT.

8. On nomme CLEF un signe de convention auquel on donne *le nom d'une note*; ce signe, placé sur une ligne, *donne son nom* A TOUTES LES NOTES placées sur la même ligne que lui.

9. Il y a 3 CLEFS en musique : la *clef de sol* (1) (*) qui se place sur *la 2ᵉ ligne* de la portée, la *clef d'ut* (2) qui se place sur *la 1ʳᵉ, la 3ᵉ et la 4ᵉ ligne*, et enfin la *clef de fa* (3) qui se place sur *la 4ᵉ ligne*. La *clef de sol* sert pour les sons ou notes aiguës, *la clef d'ut* pour les notes ou sons du milieu, et la *clef de fa* pour les sons ou notes graves.

OBSERVATION. Nous recommandons aux enfants de n'entreprendre aucune étude musicale avant, non seulement, de connaître bien les notes; mais, bien plus, avant de lire les notes plus vite qu'on ne peut les prononcer. L'expérience nous a prouvé que cette négligence à s'exercer à bien lire, entrave tout progrès dans l'art; et, avec un peu de patience, on y parvient promptement.

(*) Les numéros correspondent à la planche qui se trouve à la fin du livre.

10. La clef de sol et la clef de fa sont celles dont on se sert le plus souvent.

CHAPITRE II.

11. On nomme GAMME la suite des sept notes auxquelles on ajoute une *huitième* note pour terminer ; cette huitième n'est autre que la première.

1 2 3 4 5 6 7 8

Gamme en montant : UT, RÉ, MI, FA, SOL, LA, SI, UT.
Gamme en descendant : UT, SI, LA, SOL, FA, MI, RÉ, UT. (1)

La gamme peut commencer par n'importe quelle note ; alors on dit : gamme d'ut, gamme de ré, etc.

12. Chaque note d'une gamme porte, indépendamment de son nom propre, *un nom qui indique le rang qu'elle occupe dans la gamme* ; ainsi :

La *première note* d'une gamme se nomme TONIQUE.

La *cinquième*, DOMINANTE.

La *septième*, SENSIBLE.

Les autres se nomment 2e, 3e, 4e, 6e note.

13. *Les huit sons* d'une gamme forment entre eux *sept intervalles ou distances qui ne sont pas tous de même grandeur* ; ainsi dans toute gamme majeure (nous expliquerons ce mot) l'intervalle *de la 3e à la 4e note, et de la sensible à la tonique,* est plus petit que les autres.

14. Les plus grands intervalles se nomment *tons*.

Les plus petits se nomment *demi-tons*.

Dans la gamme majeure, il y a donc 5 *tons* et 2 *demi-tons*, toujours placés de LA 3ᵉ A LA 4ᵉ NOTE et de LA SENSIBLE A LA TONIQUE.

15. Pour étudier la musique de chant, on procède de quatre manières qui sont : *faire la lecture*, c'est-à-dire prononcer les notes en mesure (nous donnerons l'explication de ce mot) sans émettre aucun son. C'est là musique parlée.

Solfier, c'est-à-dire faire la lecture ; mais en donnant à chaque note le son qui lui appartient.

Vocaliser, c'est-à-dire solfier ; mais au lieu de dire les noms des notes, on les remplace par une seule voyelle.

Chanter, c'est-à-dire joindre des paroles à un air.

16. Nous avons vu au *n*º 13, que les 8 sons de la gamme formaient des intervalles. On appelle donc INTERVALLE *la différence qu'il y a entre deux sons*.

17. Il y a *huit* intervalles ; chacun porte un nom qui indique de *combien de sons il se compose* (5).

Celui composé de	2 notes se nomme	Seconde	*ut ré*
—	3 —	Tierce	*ut mi*
—	4 —	Quarte	*ut fa*
—	5 —	Quinte	*ut sol*

Celui composé de 6 notes se nomme   *Sixte*   *ut la*

—   7   —   *Septième*   *ut si*

—   8   —   *Octave*   *ut ut*

Nous connaissons déjà celui qui porte ici le nom de *seconde* ; c'est le *ton* que nous avons vu au n° 13.

18. On nomme UNISSON le même son répété par deux voix ou deux instruments ; il ne peut être un intervalle.

19. Tous les intervalles *naturels* sont *pris dans les notes d'une seule gamme.*

CHAPITRE III.

20. Les sons peuvent avoir *plus ou moins de durée*, de là différentes valeurs de notes.

21. Ces valeurs sont indiquées par *les différentes modifications* que l'on fait aux figures primitives ; ce sont : (6) *la ronde, la blanche, la noire, la croche, la double-croche, la triple-croche, la quadruple-croche.*

22. Lorsqu'on doit se taire pendant la durée d'une de ces valeurs de notes, on *la remplace* par un signe nommé SILENCE. Chaque valeur de note a donc une figure de silence *qui la vaut* et *qui la remplace.* Ce sont : *la pause, la demi-pause, le soupir, le demi-soupir, le quart de soupir, le huitième de soupir, le seizième de soupir* (7).

23. Les figures des notes, dans l'ordre où nous les donnons au n° 21, vont en diminuant de valeur. Ainsi : la blanche vaut la moitié de la ronde; la noire vaut la moitié de la blanche, etc.

24. Les valeurs des notes *ne changent jamais entre elles*; c'est-à-dire qu'une blanche vaudra toujours la moitié d'une ronde; il en est de même pour les autres valeurs.

25. LA RONDE vaut 2 *blanches*,
ou 4 *noires*,
ou 8 *croches*,
ou 16 *double-croches*,
ou 34 *triple-croches*,
ou 64 *quadruple-croches*.

LA BLANCHE vaut 2 *noires*,
ou 4 *croches*,
ou 8 *double-croches*,
ou 16 *triple-croches*,
ou 32 *quadruple-croches*.

LA NOIRE vaut 2 *croches*,
ou 4 *double-croches*,
ou 8 *triple-croches*,
ou 16 *quadruple-croches*.

LA CROCHE vaut 2 *double-croches*,
ou 4 *triple-croches*,
ou 8 *quadruple-croches*.

LA DOUBLE-CROCHE vaut 2 *triple-croches*,
ou 4 *quadruple-croches*.
LA TRIPLE-CROCHE vaut 2 *quadruple-croches*.

OBSERVATION. — Nous engageons les élèves à parfaitement savoir ce tableau et surtout à bien le comprendre.

CHAPITRE IV.

26. On appelle MESURE, ce qui est contenu entre deux petites barres qui coupent la portée.

27. Une fois la mesure déterminée, toutes les mesures du même morceau *doivent être égales* en valeur, *quelles que soient les valeurs de notes* dont elles se composent.

28. Si on convient de remplir toutes les mesures d'un morceau avec UNE RONDE, toutes les mesures devront contenir des valeurs de notes qui équivaudront à *une ronde*.

29. Chaque mesure se divise EN TEMPS.

30. Il y a en musique, trois mesures : A 4 TEMPS, A 3 TEMPS, A 2 TEMPS.

31. On appelle BATTRE LA MESURE, faire avec la main ou le pied des mouvements *bien égaux*; chaque mouvement marque un temps.

32. On désigne les mesures PAR DES CHIFFRES. Il faut se souvenir que dans les mesures, LA NOIRE est représentée par 4, et LA CROCHE par 8. Si nous posons, par exemple : $\frac{2}{4}$, le chiffre d'en bas *nous indique des noires*, et le *chiffre 2* nous indique *qu'il faut 2 noires*. $\frac{6}{8}$, le 8 représentant *les croches*, le 6 nous indique qu'il en faut 6 pour remplir la mesure. *Le chiffre inférieur marque la figure de la note, et le chiffre supérieur la quantité.*

33. On ne se sert aujourd'hui que de SIX MESU-RES, qui sont : C, $\frac{3}{4}$, $\frac{2}{4}$, $\frac{12}{8}$, $\frac{9}{8}$, $\frac{6}{8}$. Une seule se marque *par une lettre*; ici l'usage fait loi.

34. Une septième mesure est encore en usage; mais de plus en plus rare, c'est la mesure marquée $\frac{3}{8}$. Elle est avantageusement remplacée par celle $\frac{3}{4}$ avec laquelle elle a une parfaite ressemblance.

35. Ces six mesures se divisent en mesures *binaires* et mesures *ternaires.*

36. Les mesures binaires sont celles dans lesquelles il ne faut que deux croches ou leur valeur par temps; ce sont : C, *mesure à quatre temps;* $\frac{3}{4}$, *mesure à trois temps,* et $\frac{2}{4}$ *mesure à deux temps.*

37. Les mesures TERNAIRES sont celles qui exigent *trois croches* par temps. Ce sont : $\frac{12}{8}$ *à quatre temps;* $\frac{9}{8}$, *à trois temps,* et $\frac{6}{8}$, *à deux temps.*

38. Lorsque *deux notes de même nom sont unies*

par un demi-cercle, *la seconde ne se prononce pas,* bien qu'on lui donne la durée qu'elle exige (8).

39 Lorsqu'une note est suivie d'*un point,* elle est augmentée *de la moitié* de sa valeur. Ainsi une blanche vaut *deux temps;* si on y ajoute un point, elle en vaudra *trois.*

Une Ronde pointée vaut 3 *blanches,* ou 6 *noires,* ou 12 *croches,* ou 24 *double-croches.*

Une Blanche pointée vaut 3 *noires,* ou 6 *cro-ches,* ou 12 *double-croches.*

Une Noire pointée vaut 3 *croches,* ou 6 *double-croches,* ou 12 *triple-croches.*

Une Croche pointée vaut 3 *double-croches* ou 6 *triple-croches.*

Une Double-Croche pointée vaut 3 *triple-cro-ches,* ou 6 *quadruple-croches.*

Une Triple-Croche pointée vaut 3 *quadruple-croches.*

Ce sont ces valeurs de notes qui composent les mesures ternaires.

40. Cependant lorsque dans *une mesure binaire* qui n'exige que 2 *croches par temps,* on en rencontre TROIS, c'est alors un *triolet*, c'est-à-dire trois notes pour deux : les triolets sont presque toujours surmontés d'un 3.

CHAPITRE V.

41. Nous avons vu au nº 13, que les distances formées par les sons entre eux étaient appelées *tons* et *demi-tons*; il est clair que le demi-ton *est la moitié plus petit* que le ton, et que, parconséquent, tous les tons *peuvent être divisés en deux demi-tons.* Ainsi : entre *ut* et *ré* par exemple, *il y a un ton*; mais nous comprendrons qu'il doit y avoir entre ces deux sons *un autre son* qui sera à distance d'un demi-ton de chacun d'eux. Nous le trouverons en *élevant* l'*ut* d'un *demi-ton*, ou en *abaissant le ré* d'un *demi-ton.*

42. Pour élever l'*ut*, nous mettrons devant la note et *sur la même ligne* qu'elle, un signe nommé DIÈZE (9).

43. Pour *abaisser* le *ré*, nous mettrons de même devant la note, un signe nommé BÉMOL (10).

44. Et si, après avoir placé un de ces deux signes, nous voulons *le détruire*, nous mettrons devant la note un signe nommé BÉCARRE (11).

45. Comme chaque son *peut être élevé ou abaissé d'un demi-ton*, il en résulte qu'il y a autant de *dièzes* et de *bémols* que de *noms de notes*; seulement ils ne suivent pas l'ordre des notes.

46. Les Dièzes se placent de QUINTE EN QUINTE *en montant la gamme* :

FA, UT, SOL, RÉ, LA, MI, SI (12).

47. Les Bémols se placent aussi de QUINTE EN QUINTE ; mais en *descendant la gamme,* c'est-à-dire en sens inverse des dièzes :

SI, MI, LA, RÉ, SOL, UT, FA (13).

Il est indispensable de savoir par cœur les dièzes et les bémols.

48. Il faut remarquer que lorsqu'il n'y a *qu'un dièze,* ce ne peut être d'autre que FA qui est le premier, et s'il y en a *deux* ce sera *nécessairement* FA et UT ; s'il y en a trois ce sera SOL, et le *sol* ne peut être dièzé *dans une gamme majeure,* si le FA et l'UT ne le sont pas. Il en est de même pour les bémols.

49. Les dièzes et les bémols *sont indispensables* pour former les différentes gammes ou tons.

50. Le mot TON a trois significations en musique : 1º il signifie l'*intervalle* de *deux sons* qui peut être *divisés* en *deux demi-tons* ; 2º il est employé dans le sens de prendre le ton lorsque deux instruments veulent s'accorder ; 3º enfin, il signifie la gamme avec laquelle un morceau est écrit. Ainsi, si nous prenons la gamme d'ut ou de sol, et que nous écrivions un air qui ne contienne pas de notes *étrangères à une de ces deux gammes*, l'air sera dans le ton d'*ut* ou le ton de *sol*.

CHAPITRE VI.

51. Nous avons appris dans les *n*os 13 *et* 14, que toute gamme majeure comportait 5 *tons* et deux *demi-tons*, et que ces deux demi-tons étaient toujours placés de la 3e à la 4e NOTE et de la SENSIBLE A LA TONIQUE. C'est ce que nous allons démontrer ; mais ceci exige un peu d'attention (16).

Nous voyons que dans la seconde gamme du tableau, le *second demi-ton* au lieu d'être de la *sensible à la tonique*, se trouve de la 6e *note à la sensible*, et dans la *troisième* ce demi-ton se trouve bien placé par le dièze mis devant le fa. Il en est de même pour les autres dièzes.

Voir les bémols (17).

Même observation que ci-dessus pour les dièzes.

52. Par là on voit que *chaque gamme où ton* a besoin d'un CERTAIN NOMBRE DE DIÉZES OU DE BÉMOLS, pour être POSSIBLE, à cause du *déplacement* des *demi-tons*.

On place les dièzes ou les bémols de suite après la clef ; c'est ce qu'on nomme ARMURE de la clef.

53.

GAMMES MAJEURES.

DIÈZES.

En *ut*. . . . Rien à la clé.
En *sol* . . . 1 dièze : fa.
En *ré*. . . . 2 dièzes : fa ut.
En *la*. . . . 3 dièzes : fa ut sol.
En *mi* . . . 4 dièzes : fa ut sol ré.
En *si*. . . . 5 dièzes : fa ut sol ré la.
En *fa dièze*. 6 dièzes : fa ut sol ré la mi.
En *ut dièze*. 7 dièzes : fa ut sol ré la mi si.

BÉMOLS.

En *fa*. . . . 1 bémol : si.
En *si bémol*. 2 bémols : si mi.
En *mi bémol* 3 bémols : si mi la.
En *la bémol*. 4 bémols : si mi la ré.
En *ré bémol*. 5 bémols : si mi la ré sol.
En *sol bémol* 6 bémols : si mi la ré sol ut.
En *ut bémol*. 7 bémols : si mi la ré sol ut fa

54. Pour connaitre le ton d'un morceau, il est un moyen bien facile : avec les dièzes, on *prend le dernier dièze marqué*, et on monte *d'une note*. Exemple : 4 *dièzes, fa, ut, sol, ré* : le dernier est *ré*, la note au-dessus est *mi*, le ton est donc en mi.

Avec les bémols, on prend *l'avant-dernier*, et il indique le ton. Exemple : Avec 3 *bémols, si, mi, la* : *l'avant-dernier* est mi, donc le ton est en mi *b*.

55. Les dièzes ou bémols placés à la tête d'un morceau, sont les seuls qui constituent le ton, ils se nomment dièzes ou bémols constitutifs ; ils agissent pendant tout le morceau, à moins qu'ils ne soient un instant détruits par un bécarre ; mais *ils reprennent leur droit* à la mesure suivante.

56. Les dièzes ou bémols étrangers au ton qui se trouve dans le courant du morceau, se nomment ACCIDENTELS et n'agissent que pendant *la mesure où ils sont* ; on est obligé de les remettre dans la mesure suivante, s'ils sont nécessaires.

57. Quelquefois on emploie le DOUBLE-DIÈZE (14) ou le DOUBLE-BÉMOL (15), lorsqu'on veut élever la note de *deux demi-tons*, ou l'abaisser de même. Mais l'usage en est rare, et ils ne servent guère que dans les tons qui ont beaucoup de dièzes ou de bémols constitutifs.

CHAPITRE VII.

58. On appelle MODE, *la manière d'être dans un ton.* Il y a *deux modes*, LE MAJEUR et LE MINEUR. Si nous pouvons nous servir d'une comparaison, *le ton majeur* ressemble à une personne richement habillée, et *le ton mineur* à une personne en deuil.

59. Ainsi, le ton d'*ut* peut être ou *majeur* ou *mineur.* En voici la différence : Si, *de la tonique à la 3e note* de la gamme, on trouve *deux tons, le mode est majeur* ; si on ne trouve *qu'un ton* et un *demi-ton, le mode est mineur.* La différence est donc dans la PREMIÈRE TIERCE de la gamme (18).

60. Dans les gammes mineures, il y a aussi *deux demi-tons* et *cinq tons* ; seulement, le premier *demi-ton*, au lieu d'être de la 4e *à la* 5e note, se trouve entre la 2e *et la* 3e ; le second est toujours de la *sensible* à la *tonique*.

61. La SENSIBLE d'une gamme mineure est TOUJOURS DIÈZÉE, ou si elle est déjà bémolisée, ELLE EST RENDUE NATURELLE par le bécarre, c'est-à-dire, qu'elle est toujours ÉLEVÉE d'un *demi-ton* en montant la gamme ; mais en la descendant, la sensible n'est pas altérée ; il en est de même de la 6e *note*, que l'on altère quelquefois en montant la gamme (19).

62. On appelle TONS RELATIFS, deux tons qu sont *parents*.

63. Chaque ton majeur a *deux tons mineurs* qui lui sont relatifs ; l'un parce qu'il a LA MÊME QUANTITÉ de dièzes ou de bémols constitutifs, l'autre parce qu'il a la MÊME TONIQUE ; c'est-à-dire qu'il porte le même nom. Ainsi *ut majeur* a pour tons relatifs : 1o *la mineur* qui, ainsi que lui, *n'a rien* à la clef ; 2o *ut mineur* qui a la même tonique. Le premier se nomme *ton relatif par l'armure*, et le second *ton relatif par tonique* (20).

64. *Le ton relatif par l'armure* est toujours placé à l'intervalle d'une *tierce mineure*, ou *un ton et un demi ton* AU-DESSOUS du ton majeur; exemple : ut-majeur, la mineur, *ré-majeur, si-mineur*.

65. Pour reconnaître le *mode d'un ton* à la vue d'un morceau, il faut : 1º bien reconnaître le *ton majeur* ; 2º chercher *la dominante* de ce ton ; 3º SI ELLE EST ALTÉRÉE on est dans le *mode mineur relatif* par l'armure. Exemple : avec *deux dièzes, fa ut*, on est en *ré-majeur*, la dominante de *ré* est *la* ; si le *la* est dièzé on est en *si-mineur* ton relatif mineur.

CHAPITRE VIII.

66. Nous avons encore à revenir à la composition des mesures ; mais ce sera pour la dernière fois, nous devons expliquer les SYNCOPES.

67. Les temps d'une mesure se divisent en TEMPS FORTS et en TEMPS FAIBLES.

68. Dans la mesure *à quatre temps*, le 1er et le 3e sont *forts* ; et le 2e et le 4e sont *faibles* (21).

69. Dans les mesures *à trois et à deux temps*, le *premier* SEUL est fort.

70. Chaque temps peut se *diviser* en *demi-temps*, le premier demi-temps est *fort* et le second est *faible* (22).

71. Chaque fois qu'un son est commencé sur UN TEMPS FAIBLE, et qu'il est continué sur le TEMPS FORT suivant, il y a *syncope* (21).

72. Un son commencé sur UN DEMI-TEMPS FAIBLE et continué sur le DEMI-TEMPS FORT qui suit, forme aussi une *syncope*.

73. Généralement les *notes syncopées* sont entre DEUX NOTES DE MOINDRE VALEUR QU'ELLES : *une blanche entre deux noires, une noire entre deux croches, etc.*

74. *La clef de fa* se place toujours sur la 4e *ligne* de la portée, elle sert aux notes *graves*.

75. Les notes placées *sur la même ligne* qu'elle, *prennent* son nom.

76. Lorsqu'on connait bien la clef de sol, il est facile d'apprendre à lire la *clef de fa* ; toutes les notes sont élevées de DEUX NOTES ; ainsi : *l'ut* en *clef de sol* devient un *mi* en *clef de fa*, le *ré* devient un *fa*, etc.

CHAPITRE IX.

77. On appelle *mouvement musical*, LE PLUS OU MOINS DE VITESSE que l'on met à exécuter une mesure.

78. Quel que soit le mouvement donné à la mesure, la valeur des notes NE CHANGE PAS, c'est-

à-dire que la ronde vaut toujours quatre temps ;
seulement, ces quatre temps seront dits plus vite.

79. Les différents degrés de vitesse sont indi-
qués par des mots italiens. Les principaux sont :
LARGO *largement,* ADAGIO *commodément,* ANDANTE
un peu plus vite, MODERATO *modéré,* ALLEGRO
joyeux, ANIMATO *animé,* VIVACE *vivement,* PRESTO
vite, PRESTISSIMO *très-vite.*

80. D'autres mots n'agissent sur le mouvement que pendant un certain nombre de mesures,
quelquefois pendant une seule mesure. Ordinairement ces mots sont suivis des deux mots : 1º TEMPO
qui signifient de revenir au 1er mouvement. Ces
deux mots sont : RITENUTO, RALLENTENDO, qui veulent dire d'*aller de plus en plus lent*; ACCELLERANDO,
aller de plus en plus vite.

81. L'EXPRESSION en musique demande beaucoup d'attention ; car *sans elle,* un morceau, quelque joli qu'il puisse être, *ne signifie rien.* Elle consiste dans le *plus ou moins de force* que l'on donne
au son. Le goût est ici le meilleur maître.

82. Ce sont des mots italiens qui servent à
l'exprimer : P, PIANO, *doux*; PP, PIANISSIMO, *très-
doux,* F, FORTE *fort*; FF, *très-fort*; CRESCENDO *ou
bien* < *augmenter peu-à-peu,* DECRESCENDO, DIMI-
NUENDO *ou* > *en diminuant peu-à-peu*; le

signe $< >$ indique qu'il faut augmenter puis diminuer le son; quelquefois ce signe s'emploie pour plusieurs mesures. Le mot SF. SFORZANDO ou $>$ placé sur une seule note, indique qu'il faut qu'elle soit exécutée avec force.

83. LES NOTES D'AGRÉMENT sont de petites notes que l'on ajoute à une grande note, qui n'ont aucune valeur ; mais prennent un peu de celle de la note devant laquelle elles sont (23).

84. On appelle TRILLE, deux notes voisines que l'on répéte l'une après l'autre aussi vite que possible. On le marque par *tr.* placés sur la note (24).

85. le signe ⌢ se nomme POINT D'ORGUE : placé sur une note, il indique qu'il faut *s'arrêter* sur cette note un temps indéterminé.

86. On appelle REPRISE une certaine partie d'un morceau que l'on doit exécuter *une 2e fois*; on marque la reprise par *deux points* devant deux grosses barres : ‖

87. Les deux lettres *D. C.* placées à la fin d'un morceau, indiquent qu'il n'est pas fini et *que l'on doit le recommencer* jusqu'au mot *fin*.

CHAPITRE X.

EXPLICATIONS DE QUELQUES TERMES MUSICAUX.

SOLO, signifie un air exécuté par un *seul* individu.

DUO, air à *deux* voix ou *deux* instruments.

TRIO, QUATUOR, QUINTETTE, SEXTUOR, air à *trois, quatre, cinq, six* voix ou instruments.

ORCHESTRE, réunion d'un grand nombre d'instruments à vent et à cordes.

OPÉRA, pièce de théâtre chantée d'un bout-à-l'autre ; *opéra* signifie aussi *œuvre*.

OPÉRA-COMIQUE, pièce de théâtre où les morceaux de musique sont séparés par des dialogues parlés.

ORATORIO, espèce de grand-opéra dont le sujet est religieux.

OUVERTURE, pièce pour orchestre qui, ordinairement, précède un opéra.

PARTITION, réunion sur la même page de toutes les parties vocales ou instrumentales d'un morceau.

SYMPHONIE, œuvre de musique pour orchestre, divisée en 3 ou 4 parties distinctes.

CONCERTO, morceau difficile pour un seul ins-

trument, ordinairement accompagné par l'orchestre.

Chœur, réunion d'un grand nombre de voix.

Les voix se divisent en *voix de femmes ou d'enfants*, et *voix d'hommes*.

Les voix de femmes ou d'enfants sont : le soprA-
No et le contr'alto.

Les voix d'hommes sont : le ténor, le baryton,
la basse-taille.

Harmonie, ce mot s'applique à la science des
accords. *Un accord* consiste en 3, 4, 5 sons entendus ensemble, d'après certaines règles.

Mélodie, signifie *un air*, c'est-à-dire des sons
entendus les uns après les autres, et dont l'arran-
gement est agréable à l'oreille.

Composition musicale. Ce mot indique la création d'un air ou d'un morceau ; cette création exige
la connaissance de l'harmonie ; *c'est le domaine du
génie musical*.